KB097333

맹골도

맹골도

이생진 시집

2014. 초

우리글

1

울고 싶다. 울고 있으면 어머니가 오실 거다. 어머니는 내가 우는 이유를 아시니까.

어머니 곁에 있으면 내가 강해진다. 먼 미래까지도.

그래서 어머니는 날 볼 때마다 미래가 보이는 것처럼 기뻐하셨다.

2

섬을 떠돌며 시를 써온 터라 섬 소리만 들어도 토끼 귀가 되는 버릇이 생겼는데, 세월호 침몰 후에는 떠 있는 섬들이 모두 가라앉을 것 같아 불안하다.

맹골도로 가는 길이 더 거칠게 일렁이고, 안개가 더 두꺼워 보인다. 아니 꿈까지도 안개 속으로 사라지는 기분이다.

1년, 2년, 3년, 4년 이렇게 물속으로 가라앉는 슬픔, 슬픔이 녹슬고 눈동자가 흙탕물에 잠긴다.

언제쯤 수평선이 회복될까.

2017년 가을

이생진

머리말 • 5

일기장 1 • 9

시 쓰다가 잠들면 • 10

상조도上鳥島 • 12

하조도下鳥島 • 14

방아섬 • 16

금잔화 • 17

독거도獨居島 • 18

관매분교장 • 19

서거차도 다방 • 20

서거차도 1 • 22

일기장 3 • 23

맹골도 일기 • 28

일기장 4 • 29

일기장 5 • 30

맹골도 1 • 31

동거차도 • 32

맹골도 2 • 34

맹골도 3 • 35

맹골도 4 • 36

맹골도 5 • 37

맹골도 6 • 38

세월호 침몰 • 40

할머니의 주먹 • 42

그 배가 • 43

너는 지금 어디 있니 • 44

가족여행 • 46

구명조끼 • 47

사도師道 • 48

박예슬 전展 • 52

생명의 교차로 • 56

4월의 단상斷想 • 60

울고 또 울고 • 64

오리무중 • 66

마도로스론論 • 68

꽃례 이야기 1 • 73

꽃례 이야기 2 • 74

꽃례 이야기 3 • 75

서울광장 • 76

너의 목소리 • 79

제주항 제7부두 • 80

이 슬픔을 • 82

불에 타지 않는 꿈 • 83

이보미의 꿈 • 84

이제 그만 집에 가자 • 86

생일날 지연이가 • 88

코탕섬 • 90

더 임파서블 • 91

자살 • 92

봄에 생기는 가벼운 생각 • 98

녹차 초콜릿 • 100

꽃씨 • 102

수상하다 • 103

나 그리고 너 • 104

소설과 나 • 105

우는 사람과 구경하는 사람 • 106

스팸 차단 • 107

대마도大馬島 • 108

사진을 보면 • 110

산 자와 죽은 자 • 111

자기철학 • 112

나의 실종 • 114

밤에 불빛이 있는 곳 • 117

타인의 실종 • 118

죽은 자는 말이 없고 • 120

2015년 3월 16일 • 122

봄비 • 124

인사도仁寺島 • 126

맹골도 팽나무 • 127

시인의 눈물 • 128

섬의 달 • 129

어느 토요일 밤 • 130

폐교 • 131

섬에서 혼자 사는 할머니 • 132

병풍도 • 133

휴休 • 134

후기 • 135

일기장 1

– 1989년 1월 8일

비가 온다
겨울비다

팽목항에서 배를 탔다
타고 보니 빈 배다
새마을호 낡은 배
하조도下鳥島까지 45분

빈 배에 기계 소리 요란하다
물안개 속으로 달아난 기계 소리가
돌아오지 않는다
불안하다
갈매기 한 마리 기웃거리지 않는다
안개가 두껍다

누가
거긴 왜 가느냐고 물을까
두렵다

시 쓰다가 잠들면

시 쓰다가 사르르 잠들면
그때 꿈에서 다른 시를 만난다
봄이 오고
꽃이 피고
나비가 날고
아주 이상적인 풍경이다
그 꽃밭에서
꽃 같은 여인이 꽃가루 바르고 내게로 온다
그 얼굴을 내 얼굴에 비빈다
아마 그 여인도 시를 쓰다가 온 모양이다
나는 그 여인을 놓칠세라 옷소매를 잡는다
놓치면 울 것 같은 그런 여인이
시에서 꿈으로 꿈에서 시로
그렇게 온 여인의 임자가 나라는 거
실감이 안돼
꿈을 긁어보고 꼬집어본다
절대로 모조가 아니다
아니 실물보다 더 실물이다
꿈과 시의 실리實利가 거기 있다
그 꿈에서 깨지 않으려고 발버둥 친다

내가 시밖에 모르듯 그녀는 나밖에 모른다
이대로 끝났으면 좋겠다
꿈에서 깨면 실망하니까
실망이 없는 꿈이면 좋겠다
'영원히 깨지 않는 꿈이었으면' 하며
그녀에게 매달리듯 꿈에 매달린다
꿈에는 육체가 없어
잡히는 그림자가 없다
하지만 꿈은 왕래가 쉽다
시와 꿈이 공존하는 까닭이 거기에 있다
그래서 꿈이 좋다
그것을 생각하는 나와
그것을 생각하는 너는 꿈처럼 아름다워
나는 시를 쓰다가 네게로 가고
너는 내 시를 가지고 꽃밭으로 가고
꿈은 나비의 날개처럼 가볍다
그래도 꿈을 믿는다고 강한 어조로 말하다가
꿈은 깨고
시만 남는다

상조도 上鳥島

– 2001년 5월 3일

집에서 멀어질수록 가족이 멀어진다
그건 죄가 아니다
돌아갈 땐 섬이 멀어지니까
자연스럽게 바뀌는 기류
내 안에 기류가 있다

상조도 上鳥島 여미마을에 와서
해가 떨어지려 하니
짙은 향수가 떨어지고
가족과 멀어지는 첫 경험이
발효되기 시작한다

아무리 저물어도 새[鳥]집에서 잘 수야
새가 많다고 먹여주는 것도 아니고
새는 만나는 족족 내 곁을 떠나더라

아랫섬으로 가자
하조도 下鳥島
해가 걸음을 재촉하니 내 걸음이 빠를 수밖에
저녁엔 물에 미숫가루를 적셔 먹었다

가지고 온 괴테의 '파우스트'는 펴보지도 않고
얼핏 생각하면
하조도보다 상조도가 클 것 같은데
그게 아니다
하조도가 훨씬 크다
상조도로 올라갈수록 외로움만 커진다
섬이 작을수록 외로움이 크다

조도군도鳥島群島는 유인도가 42에 무인도가 184
합이 226이라는데
아무도 확실한 수를 대답하지 못한다

섬에서 사는 새는 평화롭다
평화란 먹이와 관련이 크다
새의 처지에서 보면 조도는 누가 뭐래도 새[鳥]다
인도人島가 아니란 조도鳥島
나는 새의 자격으로 조도에 왔다

하조도 下鳥島

1

하조도 읍구마을
마을 앞에 새파란 보리밭
보리밭 앞에 새파란 파도소리
파도와 보리밭이 저렇게 어울리긴 처음이다
하늘을 찌를 듯한 마늘의 성깔
장다리꽃의 순한 몸매
바다가 보리밭으로 기어오르고
보리밭이 마늘밭으로 기어오르는 애무
그를 보고 지나칠 수 없어
내가 봄바람에 기울듯 보리밭에 기운다

2

바닷가 소나무
소나무 아래 따뜻한 쌍무덤
우右는 밀양 박朴 씨 남男이고
좌左는 해남 김金 씨 여女라

양쪽에 서 있는 동자석
무슨 눈치라도 챘나
빙긋이 웃네

죽어도 놓기 싫은 임의 손
무덤 밖에서 훤히 보이네

그들은 누워 있고
나는 걸어가고
걸어가다가 만난
마을 소나무
사람보다 먼저 손을 내밀어
반가워라
내 손에 송홧가루 노랗게 묻었네

방아섬

– 좆바위

좆바위는 방아섬에 있다
새벽부터 좆바위 보러 간다고 했더니
마을사람이 웃는다
지명을 기억하기란 타관을 타고 해서
'각흘도로 가는 길이 어디냐'
'청등도로 가는 길이 어디냐' 하다가도
'방아섬'이 얼른 나오지 않아 '좆바위가 어디냐' 하고 만다
그게 통한다
솔밭을 지나 대밭
대밭을 지나 원추리꽃밭
꽃밭을 지나 좆이 보이는 방아섬
바위좆이 숨었다 나왔다 다시 숨는다
좆바위는 그 본성을 드러내는데 매력이 있다
새벽부터 좆 좆 하는 것이 상스러워
'남근男根' 했더니 못 알아듣는다
이럴 때 힘껏 불러보자 이거지
그래도 입 밖에 내놓기를 망설이다 방아섬에 이른다
방아섬이 좆을 번쩍 들어 머리 위에 이고 있다
나도 남자라고
들어 올리는데 힘을 보탰다
돌아와서 아침식사를 맛있게 했다

금잔화

산수장 2층에서 자고 내려와 간판을 보니
'장'자字가 부끄럽다
아래층 홀엔 맥주병이 서른 개쯤 쓰러져 있고
빈 접시에 마른 땅콩 껍데기가
어제저녁 부둣가 식당아줌마 목소리를 떠올린다
"술도 마시고 애인도 만나"라던 소리
빙긋이 웃고 나왔지만
누가 물으면 대답할 말이 생각나지 않는다

목포에서 관매도 가는 배가 들어왔다
맹골도까지 가고 싶은데
바람이 불기 시작해서
서거차까지밖에 안 간다 한다
핑계 김에 하조도에서 하룻밤 더 자기로 했다
길가에 핀 금잔화가 곱다
식당에 갈 때마다 금잔화 가까이 갔다

독거도 獨居島
– 미역

독거도
혼자 사는 섬

떼 지어 온 안개에 싸여
네가 간 곳 없구나
곡괭이로 찍고 삽으로 파내도
뚫리지 않는 안개 속
날 선 파도 위에서
1톤짜리 배가
발버둥 치다 돌아선다

독거도
그래서
이 섬 미역이 힘 있다 하는가
발버둥치는 미역

관매분교장

- 2001년 5월 4일

중학교가 초등학교에 세 들어 산다
그 학교 6년 다니고 방 하나 얻어 사는
아이들 심정이 어떨까
하지만 아무에게도 묻지 않았다
그 학교 곽 선생이 부두에 나왔기에
우회적으로 팽목에 가느냐고만 물었다
그렇다고 하며 날 보고 어딜 가느냐고 묻는다
서거차를 거쳐 맹골도로 간다 했더니
놀란 표정으로 거긴 왜 가느냐고
특별히 아는 사람이라도 있느냐 묻는다
그저 가고 싶어서 간다고 했더니
거긴 바람뿐인데 하며 맥없이 날 쳐다본다
몇 년 전에 여서도 갈 때
청산도에서 만난 아줌마 대답도 그랬다
그런데 그 후
여서도를 못 잊어 세 번이나 더 갔다
아마 맹골도도 그럴 거 같다
시 쓰다 보면
시가 정을 더해주니까

서거차도 다방

남화다방은 다방이라기보다 사랑방이다
아니 무인 커피 판매방
맑은 날 벌레 소리 하나 없을 때
다방에 손님도 없고 주인도 없다
주인은 선착장 시멘트 바닥에 해초를 말리고
손님들은 모두 아침 배로 떠나
나만 쇠파리처럼 남았다

목로엔 가스레인지와 주전자
커피 통과 설탕 그릇, 스푼에 찻잔
끓이는 이도 없고 마시는 이도 없다
카운터엔 덜렁 올라온 소형금고
누구든 커피를 끓여 마시고
오백 원을 넣으라는 손가락이 그려져 있다
마시지 않고 의자에 앉아
창밖으로 바다와 배와 등대를 보다가
그대로 나가도 눈 흘길 사람이 없다

주인은 손님이 왔을 거라는 생각도
커피 값을 내지 않으면 어떻게 하지

하는 의심도 하지 않고 해초만 만진다
어느 땐 제비가 다방 안으로 들어왔다 나가고
잠자리가 카운터 스푼 끝에 앉아 졸기도 한다
저녁 6시 목포에서 배가 들어와야
커피 손님이 생길까

지금은 여름 한낮
나는 뜨거운 의자에서 일어나 부둣가로 간다
정말 사람 구경하기 힘들다
(1984 여름)

서거차도 1

– 개척교회

밤바람이 심했다
밤새 방문은 열렸다 닫혔다 했다
개척교회를 시작하는 목회자가
쾅쾅 2층 마룻바닥을 쳤다
그래도 바람은 자지 않았다
목회자는 교회를 세워야 했고
나는 아래층에서 잠을 좀 자야 했다

이불이 얇아
있는 옷 다 입고 이불을 덮어도 춥다
서거차 바람이 그러니
지나가는 거사居士가 뭐라고
물론 유료지만 재워주는 것만도 고마워서
입을 꼭 다물고 잤다
전등불이 없어 '파우스트'도 못 읽고
내 시업詩業이 엉망인데도
그걸 탓하지 않았다
시도 인격이니까

다음날도 맹골도로 가는 배가 없다

일기장 3

− 2001년 5월 4일 금요일

전라남도 진도군 조도면 서거차도리 하죽도

정확한 건 모르겠지만 나이 서른쯤
모자 쓰고 배낭 멘 여자 내게로 다가오더니
"맹골도 가시나요? 누구네 가시나요?"
아무것도 볼 게 없는데 앞질러 묻고 대답한다
"충청도 말씨네" 했더니 "익산"이라고
나는 서산인데
서산 익산 서로 고향 이름이 비슷해서 반갑다
헌데 "당신은 왜 여기 있지?"
맹골도 못 미쳐 서거차도 새끼 섬 하죽도에 사는데
맹골도에 간다니 반갑다고 왜 가느냐고 하기에
섬이 좋아서 간다고 했더니
혼자 다니시려면 건강이 아니, '아니' 소리는 없었지만
그런 표정이 고맙다
내가 일흔둘이니 그럴 만도 하지 그게 인심이니까
흑어 흔지 디니디 시고리도 심징마비 뇌졸중 아니면 낙상
하는 표정이 고맙다
늙으면 눈치 하나는 잘 알아채야 하니까
"그저 섬이 좋아서"를 반복했다

섬이 좋으면 홍도나 흑산도로 갈 일이지 하는 눈치다

솔직하게 말했다

"시가 좋아서"라고 했더니

"어머, 우리 할아버지도 시를 좋아하시는데, 시조!" 한다

본인은 시를 안 읽는 눈치다

그래도 이렇게 외딴 섬에서 시 소리를 들으니 반갑다

흔해빠진 시인 하나 이름을 대면 더 반갑겠는데

그러진 않았다

하죽도에 남편과 온 지 한 달 남짓

벌써 육지의 슈퍼나 백화점이 생각나 탈이라고

익산에서 공무원 하다 그만두고 왔는데 아직 정리가 안

돼서 사흘 전에 다시 익산에 가 정리하고 오는 길이라며 몇

가지 생활용품을 들고 있다

"그럼 송별회가 슬펐겠네" 했더니

머리를 끄덕인다

섬에 왔더니 말이 줄었다며 고독에 물들어가는 표정이다

직장에 다녔던 여성이라 그런지 상냥하다

그리고 "그들은 휴가철에 섬에 오겠다고 야단이지만 시

간상 부담이 될 것 같아요" 한다

오는데 이틀 가는데 이틀 바람이라도 불면 배가 없으니

반갑긴 하지만 걱정이 된다고
"아마 오지도 않을 거예요" 하고는 아쉬워한다
아직 그쪽 정을 떼지 못해 그러는 것 같다
2001년 3월 29일 익산을 떠나 하죽도에 있는 교회에 신
랑이 가고 싶어 해서 따라와 삼년 예정인데 아마 그보다
더 오래 있을 것 같다고

동거차를 거쳐 서거차에 들르기 전에 배에서 내렸는데
신랑이 방파제에 쌓인 어망에 걸려 넘어졌다가 아내를 보
더니 벌떡 일어나 짐을 받는다 며칠 동안 외로움을 참기
힘들었나 보다

나는 배 위에서 교회를 넣어 사진을 찍었다
그들을 맞는 교회가 십자가를 높이 들어 반긴다
사진이 나오면 교회 주소로 보내야지
공무원 할 때는 대하기 힘든 사람도 있었겠지만 섬에서
는 사람이 보고 싶어 어떻게 하지?
내가 탄 배를 향해 손을 흔든다
나도 흔들었다
그리고 생각했다

시 때문에, 할아버지가 시를 썼으니까, 내가 할아버지 같으니까 하지만 할아버지를 잊듯, 아니 그보다 먼저 잊으리라

나는 아직 잊지 않고 시를 쓰는데

할아버지가 시를 쓰는 것을 봤으니까 '할아버지는 달을 보고도 멍하니 서 있다가 종이를 꺼내 시를 쓰시더라' 하던 여자

그는 관매도에서 객선을 타기 전에 부두에 널어놓은 미역을 볕이 드는 곳으로 끌고 가서 일일이 뒤집어놓고 배에 올랐다 남의 미역이지만 자기 것처럼 그렇게 마음을 썼다 고운 마음씨다 그러니까 그런 작은 섬 작은 교회에서 살겠다고 달려왔지

내가 시 하나 보고 달려오듯

섬 하나 교회 하나 민가가 열둘

내가 "인구는?" 하고 물었을 때 쑥스러워하며 "인구라고 할 게 있나요 겨우 스무 명인데 한 가족이죠"

대개가 노인 그것도 할머니들뿐인데 혼자 산다며 안타까워한다

안경 속에서 내 얼굴을 빤히 내다볼 때 나는 우이도 돈

목 사람들을 생각했다 그들도 그랬다

　말하면서도 예의에 거슬리지 않으려는 것을 보면 동회 민원실 근무자를 연상케 했다

　직장도 이름도 물어보지 않았다

　너무 기록 위주의 인터뷰 같아서

　그녀가 직접 시를 쓴다고 했으면 몰라도

　그런 데선 심심하더라도 3년 있다가 돌아설 경우 마을 사람들과 바다 냄새와 정 때문에 떠나기 어려울 거라 했더니 그렇지 않아도 벌써부터 더 연장할까 하는 생각이라고

　그새 정이 든 모양이다

　내가 알지도 못하는 젊은 여자와 이렇게 길게 배낭을 메고 이야기를 나눈 것은 처음이다

　바닷가에서

　섬이니까

　섬사람들은 바람에 강하고 정엔 약하니까

　섬에 와서 말이 적어졌다는 말에

　그녀의 새로운 고독이 짐작된다

맹골도 일기

- 2001년 5월 5일

먼 섬
맹골도에서 하루를 보냈다
이른 아침부터 멍청해졌다

5월 5일 어린이 날인데 어린이가 없다
뒷산에 나무도 멍청해 보인다

검은 고양이가 마루 밑에서 나온다
힐끗 나를 보더니
내가 필요 없어 보였나
느릿느릿 바다 쪽으로 걸어간다
고양이도 금방 멍청해진다
사람이 보고 싶다

일기장 4
– 섬마을 선생님

물론 분교죠
교사 하나 보조교사 하나
남편은 정교사 아내는 보조교사
학생 둘
여섯 살 먹은 아들과 일곱 살 먹은 마을 아이

요즘 도서근무 혜택이 없다던데
혜택보다 조용해서 왔다는
세 식구 다
학교에서 자고 학교에서 일어난다
밥 먹을 때도
종 칠 때도 학교
아니 종은 치지 않는다
풍금은 쳐도

나도
이 학교에 있게 해달라고
교문 앞에 배낭을 내려놓고
애원하다가 간다

일기장 5

- 2001년 5월 5일 토요일

버린 집에서
버리고 간 일기장을 주워 읽는다
읽는 사람은 일기장의 날짜에 별 신경을 쓰지 않지만
쓴 사람은 그 날짜에 민감했다

'5월 5일!
어린이날인데
이 섬에
어린이가 없다'

맹골도 1
– 꿈 이야기

서거차도를 출발할 때 청소하던 아줌마
그 고생하며 뭘 보러 맹골도까지 가느냐 했다
갈 곳이 그렇게 없느냐고
라면 사러 갔을 때
관매도 구멍가게 아줌마도 그랬다
그때부터
맹골도 갈 땐 그 아줌마들을 피해 갔다
그때마다 내가 내게 물었다
뭐하러 가지?
나도 모르겠다
그렇지만 나는 속으로 웃었다
가봐야 안다고
이 고집
남들이 볼 때 내 꿈은 웃음거리지만
꿈을 비웃지 말라
인생은 아무리 못해도 실패란 없다
그건 왜?
인생엔 기준이 없으니까
(2001)

동거차도

― 석유 등잔 하나

아침 6시
기적소리가 섬마을을 흔들어 깨우더니
134톤짜리 객선에서 떠돌이 하나 내리는데
갑판장이 비웃듯 읽어간다
'식전부터 누가 재봉틀 고친다고…
굴뚝에 아침연기가 오르기 전인데'
그 소리로 그 사람 신분이 노출된다
그날 밤 그는 나하고 한 방을 썼다
헌데 자고 일어나니 흔적도 없이 사라졌다
나랑 내 짐은 그대로 있는데
그 사람이랑 그 사람 짐이 흔적없이 사라졌다
그게 그 사람의 일상이란다
그는 온 마을을 떠돌다 다시 돌아와 마주 앉더니
때 묻은 사기 등잔 하나 꺼내놓고
재봉틀 고친 집 마루 밑에서 주웠다고 자랑한다
그럼 이 사람이 골동품 수집가?
나는 그 보고 고상한 취미라 했더니
아니 이게 돈이라고 돈??
싸게 줄 테니 사라 한다
그가 나를 수집가로 본 것이다

나는 머리를 흔들었다
이렇게 섬으로 삼십 년 돌아다녔더니
누구네 집 마루 밑엔 무엇이 있다는 것을 다 안다고
느티나무집 마루 밑엔 연적이 있고
뽕나무집 마루 밑엔 다듬잇돌이 있고
대나무집 우물가엔 돌절구가 있다며
침을 삼킨다
어딘지 나하고 닮은 점이 있기는 하나
나는 허리 굽혀 마루 밑을 보지 않았고
머리 들어 뜬구름만 봤으니
구름이 돈이 될 리가

그 후
인사동 골동품가게 진열대에서
하얀 사기 등잔을 볼 때마다
동거차도 뱃고동 소리랑 그 사람 등짐이 생각나
지금도 그 섬에서 가지고 나올 물건이 남아 있는지
궁금하다

맹골도 2
- 꿈의 마도로스

맹골도를 코 앞에 두고 되돌아왔다
그때 배를 대려고 진땀을 흘리던 선장이
내게 꿈 이야기를 했다
일본에서 해양학교 다닐 땐
원양선으로 오대양을 누비는 마도로스가 꿈이었는데
이 좁은 섬에서 섬으로 떠도는
'새마을호'로 끝나는 것 같다며 아쉬워하던
선장과 찍은 사진을 서거차도로 보냈는데
퇴직해서 주소 불명이라고 되돌아왔다
그로부터 십이 년 후
나의 꿈은 어디까지 왔는가 하고 물어본다
아직도 가고 있는 그때 그 섬
그렇다면
생生은 끝까지 미완성인가
선장은 지금 어느 미완성에 매달려 있을까
나는 아직도 그때 그 섬인데

맹골도 3
- 친정집

목포에서 아홉 시간
무더운 선실에서 누웠다 일어나 앉았다
겨우 가사도에 사람 둘 내려놓고
관매도 해수욕장 손님 내리고 나니
영진호는 갑자기 쓸쓸해진다
서거차도에서 배를 갈아타고 또 한 시간
맹골도까지 다 와서 바위틈에 배를 네 번 댔지만
영 못 올라가고 되돌아간다
빤히 보이는 친정집 마루 친정어머니도 손을 흔들고
동생들도 나와 있던 선착장
선착장이라야 시멘트 한 줌 바르지 않은 알 바위
친정어머니는 무어라 소리치는데
파도 소리가 집어먹고 거품이 인다
서거차도로 다시 와서
교회 아래층에서 민박을 한다
오늘 밤은 친정어머니도 뜬눈으로 새우고
시집간 딸도 뜬눈으로 새우겠다
내일은 맹골도 가는 배가 없고
모레 저녁 7시
그때 파도가 자야 간다

맹골도 4

맹골도
빈집 마당에 들어서면
배곯은 고양이라도
마루 밑에서 기어 나와
날 반길까

그래
꽃만 한 얼굴도 없지
빈집 마당에 노란 금잔화
네가 그 집 주인이다

맹골도 5
- 수달의 고독

첫날 아침 습관처럼 부두로 나왔다
조용하다
쥐 죽은 듯 조용하다
헌데 수달 새끼 그놈은
죽은 것 같지 않다
이 섬이 다 죽어도 그놈은 살아 있다
어디서나 산 자가 주인이다
그러니까 지금 이 순간은 수달이 주인이다

그놈도 부두에 나왔다
낯선 나를 보고 돌 틈으로 달아난다
내가 돌변할지 모르니까
약한 자는 달아나는 것이 최상이다
그대로 있어도 해코지하지 않을 덴데
그건 변명이다

여기까지 오니
날 보고 어디 가느냐고 묻는 사람이 없다
나는 늘 신문訊問에 불안하다
후견인도 없이 여기쯤에서 나는
그저 고아일 뿐이다

맹골도 6
– 열녀비

맹골도에 도착하자
발걸음을 멈추고 비문을 읽는다
청상과부의 비

조실부모하고 고아로 성장
18세에 결혼하여
31세에 남편을 잃고
청상과부로
자녀교육은 물론
경로 효친 정신이 투철하여
세인이 감탄하는 천수지열녀天授之烈女
86세에 세상을 떠났다는
전주 이 씨의 열녀비

천수天授란 하늘에서 내렸다는 뜻
너무 오래 고생하셨다
남몰래 얼마나 울었을까
마을 입구에서 발걸음이 무거워진다

2017. /E.

세월호 침몰

2014년 4월 16일 오전 8시 50분
476명을 태운 여객선이 물속으로 가라앉고
나는 티비 앞에서 어허, 어허 하며 일어섰다
맹골도 해역
어허, 저 섬이
나는 섬에 매인 사람이어서
금방 그 배의 신음소리를 알아듣겠다
그런데?
6835톤이나 되는 배가 왜 저렇게 힘없이 기울까
청해진해운 소속 세월호
인천에서 제주로 가던 중인데
그 배가 눈앞에서 가라앉고 있다
그 즉시 구해낼 것 같았다
끌어올리면 올라올 것 같았는데 그것이 어려웠다
우리 상상보다 바다가 넓었다
물이 깊고 바람이 거셌다

시간이 갈수록 476명을 실은 채 자꾸 가라앉는다
10분
20분

30분
골든타임이 안개 속으로 사라진다

한 시간
두 시간
세 시간
다섯 여섯 일곱
아니 온종일 가라앉고 있다

저걸 어쩌나 안타까워 모두 발만 구르고 있다
하늘에서 힘센 동아줄이 내려왔으면
바다 속에서 무슨 괴력怪力이 밀어 올렸으면
발을 구른다
알고 보니
힘센 사람들 모두 헛된 허수아비들이다
일 년 내내 울기만 했다

304명이 물에 잠겨 죽었다
울고 울고 울기만 했다

할머니의 주먹
– 세월호 침몰 첫날1

배가 가라앉는다
전깃불이 꺼지고
스며드는 물에 지훈이의 바지가 젖는다
지훈이를 살려낼 사람은 할머니뿐
하지만 할머니는 수화기를 떨어뜨린 채
어쩔 줄 모르신다
이 무슨 생벼락이냐
말문이 막힌 입을 열 듯 텔레비전을 연다
텔레비전도 제정신이 아니다
물살이 거센 맹골수역
그 물살 속으로 기어드는 세월호
저 배 안에 지훈이 요셉이 아범 어멈
그리고 수백 명의 목숨이 살아 있는데
어디에 호소하나
119?
112?
122?
세상은 캄캄한 먹구름
불쌍하다 이 땅이 불쌍하다
할머니가 주먹으로 이 땅을 내려친다

그 배가
- 세월호 침몰 첫날 2

그 배가
하늘 같이 믿었던 배가
다음날 아침 아이들이 학교 갈 무렵
갑자기 기울기 시작한다
종이배보다도 못한 거
그런 비운이 예감되는 순간
아빠는 요셉을 찾으러 뛰어가고
엄마는 요셉에게 입힐 구명조끼를 안은 채
요셉아! 요셉아!
3층 중앙 계단 난간을 잡고 발을 구른다
기우는 배가 자꾸 엄마를 넘어뜨린다
형은 게임을 하던 핸드폰을 할머니에게로 돌려
"할머니! 지훈인데 배가 기울어요
살려달라고 기도하세요
요셉은 어디 갔는지 몰라요
할머니! 빨리 기도하세요
아빠 엄마는 요셉을 찾으러 나가고
나 혼자 있어요
할머니!
할머니! 배가 무서워요"

너는 지금 어디 있니
– 세월호 침몰에서 돌아오지 않은 학생에게

눈물이 난다
바다 앞에 서면
배 타는 기쁨에 가슴이 설렜는데
오늘은 눈물이 난다

진도 팽목항
이 항구에서
동거차
서거차
맹골도로 갈 적에는
눈물을 흘리지 않았는데
오늘은 눈물이 난다

돌아오라는 염원이 담긴
노란 리본을 달고
붉은 등대 앞세워 바다 끝까지 가는데
가벼운 소리 내며 따라올 것 같은
너의 운동화와
너의 목소리를 끌어내던 기타 줄이
내 발걸음을 멈추게 한다만

너는 돌아오지 않고
눈물만 난다

배낭에 집어넣으며 기뻐하던 초코파이랑
컵라면만 바닷물에 떠 있고
돌아오지 않은 너는
지금 어디 있니

극락왕생을 밝히던 호롱불도 꺼지고
누구나 들어와 기도하라던
기도실도 자물쇠가 채워져
빈 천막이 하나 둘 걷히며
찔레꽃 흰 슬픔이 소나무에 매달려 우는데
너는 지금 어디 있니

가족여행

– 세월호 침몰 첫날 3

한식구가 몽땅 제주도로 여행가는 일은
행운 중의 행운이라며 잠을 설친다
잠이 안 온다
배낭에 넣었던 먹거리를 꺼냈다 넣었다 하다
잠을 놓쳤다
엄마도 아빠도 형도 요셉도 그랬다
요셉은 일곱 살이다

이렇게 한 식구가 배에 오르니
하늘에 있는 별에 탄 기분이다
하늘은 안개가 짙었지만 선실은 천국처럼 화려했다
한국 제일의 여객선 6835톤에 길이 146미터
넓은 운동장을 머리에 인 5층짜리 학교만 하다
옥상에 올라가 소리치고 싶었다

아빠
엄마
형
그리고 요셉은
세월호를 타는 순간 행복밖에 보이지 않았다

구명조끼

— 세월호 침몰 4

무심코 선실에 누웠을 때
선실 구석에 쌓인 구명조끼를 보고
언제 필요하길래 저렇게 먼지를 쓰고 있나 했는데
깜박 졸다가 선창 밖으로 보이는
섬과 섬의 평화로운 움직임
바위와 등대, 부표와 부표 사이를 지나면서도
그저 있구나 하며 고마움을 모르고 지나기 일쑤였는데
세월호 침몰 후부터는
저게 그저 있는 게 아니라는 것을 알게 되면서
구명조끼의 위치를 다시 보게 된다
세월호 침몰 당일에도
이 배가 물에 가라앉으리라고는 상상도 못했는데
당해보니 알겠다 구명조끼의 고마움을
그날 세월호 선실에서는
구명조끼 부족으로 이리 뛰고 저리 뛰고
5층 객실에서 4층 객실로 4층 객실에서 3층 객실로
3층에서 2층 다시 3층, 4층, 5층으로 올라가
자기가 입었던 조끼를 벗어주며
선실 밖으로 나가라고 외친 생명의 은인들
어떻게 받아들여야 하나
평생 무거워지는 짐

사도師道

- 고 전수영 교사와 고 최혜정 교사

미안하다 오래 살아서 미안하다
이런 말이 서슴없이 나올 때가 있다
그럴 때 기억의 무게를 느낀다
담임 선생님에게 반성문을 제출할 때처럼
그들이 가는데 짐이 되지 않기를 바라는 마음에서
꿈을 나누듯 그들이 다 살지 못한 미래를
다 산 내가 나를 돌이켜본다

스물한 살 때 시골 초등학교 교사로 출근한 첫날
옆자리 유상현 교사도 첫 날이었다
새 양복에 새 와이셔츠에 새 넥타이
우리는 처음 맨 넥타이가 기둥에 맨 새끼줄 같아서
거울 앞을 지날 때마다 신경이 쓰였다
교직을 천직으로 삼자고 손을 굳게 잡았는데
그해 여름 전쟁이 터지고
작별인사를 나눌 겨를도 없이 나는 전장으로 가
3년 후 휴전이 되어 돌아왔지만
그 학교로 가지 않아서
유상현 교사를 다시 만나지 못했다
다른 학교로 여러 번 옮겨 다니다

7년 만에 서울로 왔고
서울에서 교직생활 34년
낮에는 가르치고 밤에는 배우며
인생의 굴곡을 쓰다듬었다
내 시는 그런 흔적이다
그러다가 그만 해야 할 때를 맞아
퇴직하고 이제껏 시만 찾아다닌다
교직생활 40여년
비운에 간 전수영 교사와 최혜정 교사에 비하면
나는 나의 미래를 완주한 셈이다

살아야 한다
살아야 인생이다

지금 87세
어제(2015년 3월 6일)는
98세인 원로 시인 황금찬 선생과
커피를 마시며 이런 저런 이야기를 하다
자작시 한 편씩 낭송했다
황금찬 시인은 '회초리'

나는 '성산포'
황금찬 시인은
'회초리를 드시고 종아리를 걷어라
맞는 아이보다 먼저 우시던 어머니'
하더니 흐느껴 우신다
내가
'성산포에서는
사람은 절망을 만들고
바다는 절망을 삼킨다
성산포에서는 사람이 절망을 노래하고
바다가 그 절망을 듣는다'라고 했을 때
듣고 있던 사람들은 눈물이 난다고 했다
왜 산 사람들은 눈물을 흘리는 걸까
사람들은 눈물로 자기를 추억하나 보다

착한 스승이 되자고 함께 출발한
전수영 교사와 최혜정 교사
첫 수학여행 인솔교사로 한배를 탔다
침몰하는 배에서 입었던 구명조끼를 제자에게 벗어주며
"너희부터 나가고 나는 나중에 나가겠다"더니

영영 돌아오지 않은 영혼의 목소리

부임한 지 1년이 채 안 되는 새내기 선생
그들은 한 목소리로
'엄마, 학생들에게 구명조끼를 입혀야 해, 끊어'
'학부모들에게 전화해야 해, 배터리가 끊어지면 안돼'
구명조끼가 없어 동동거리는 아이들의 생명 앞에서
낯선 책임감이 얼마나 당황했을까
그들의 마지막 음성
왜 이 목소리는 날 따라다니며 가슴을 찌르는가

내가 산 60년에 해당하는 그들의 미래를
누가 앗아갔나
미래란 그렇게 예측불허의 운명인가
나는 나의 미래를 끝까지 살았는데
그들은 어디서 그들의 미래를 찾아
다시 이 세상으로 돌아오니
그들보다 오래 살아서 미안해지는 나
염치도 없이……

박예슬 전_展

- 세월호 침몰 324일

1
단원고 2학년 3반 17번
박예슬 전시회
서촌갤러리 효자동 40-2

첫날은 밟힐 것 같아 피하고
다음날 서둘러 갔다
거기 가면 네가 살아 움직일 거라는 생각에
네가 네 세상에 푹 빠져 있을 거라며
서둘러 갔다

전시장은 2층이고
아래층 계단에서 문 앞 전시장까지
사람들이 기다랗게 줄 서 있다
전시장에 들어서자 하나하나 놓치지 않고 봤다
낙서 조각 하나도 놓치지 않고 봤다

수학여행 가기 바로 전날까지 그렸다는 그림도 있다
너는 어디서나 화필과 화첩을 안고 다녔다고 한다
이중섭 선생도 그랬단다

그런데 이중섭 선생은 난리에 굶주려가면서도
너보다 오래 살았단다
그래서 그의 그림은 그가 간 뒤에도 남아 있단다
오늘 너의 전시장 가까이에서 이중섭 전시회도 열리고
있어 그림의 의미를 생각하게 된다
그래, 생명이 길어야 하는데
작품이 성숙할 만큼만의 생명은 있어야 하는데
그러자면 10년 20년은 더 살았어야 하는데
그 생명을 뚝 잘라 버리면
창작의 생명은 여지없이 끊어지는 거
그래서 더욱 서러운 거란다
사람들이 너의 그림 앞에서 눈시울을 붉히는 것도
그래서일 거다
세월호가 가라앉고
아직 시신을 수습하지 못한 아홉 명이 남아있는 오늘
2015년 3월 5일
침몰 324일째
나는 너를 만나러 효자동 길을 정신없이 걸어왔다
너는 구두를 좋아한다고 했지
또닥거리는 소리가 좋다고

그건 구두의 언어
살고 싶었던 집과
입고 싶었던 옷 예쁘게 그려놓고
언제 돌아와 집 짓고 옷 꿰매 입으려고
그걸 보고 서 있는 사람들 눈시울이 붉다

2
북악산 자락엔 수성水聲동 물 흐르는 소리
장사익 선생의 '꽃구경' 가자는 소리도 함께 들어와
눈물이 진해진다
숱한 선비들이 북악산 계곡으로 몰려와 그림 그리고
계곡 물소리 담아갔는데
너는 그 물소리 듣지 못하고 맹골수역에서 목이 메었구나
그 목멘 소리 헛되게 하지 않으려고
연일 서촌갤러리 앞은 인산인해라
돌아오는 길엔 윤동주문학관에 들러
시인의 소리를 들었단다
'하늘을 우러러 한 점 부끄럼 없길'?
내가 왜 네 앞에서 자꾸 부끄러워지나 모르겠다

생명의 교차로

– 맹골수역과 도깨비시장

1 세월호 침몰

세월호가 가라앉는

순간

순간

17, 18세의 고등학교 학생들이 수몰되는

순간

순간

구명조끼를 양보하며 먼저 살아서 나가라고 밀어주던

순간

순간

왜 이리 순간이 중요한지

두 주먹에 순간만 거머쥐고 있었다

기우는 선박에서 바다로 뛰어내리고

그 결과를 예측할 겨를도 없이

헬기에서 밧줄에 매달려

하늘인지 바다인지

눈 꼭 감고 뛰어내린 차가운 물속

그 속에서 아직 나오지 않은 영혼들은

지금 어느 순간을 헤매고 있을까

2 도깨비시장

월요일 아침 대도시 대형병원은 시장바닥이다
남대문시장 동대문시장 도깨비시장
목숨을 구하기 위해서다
구명조끼를 양보할 사람이 아무도 없다
아니 목숨을 구매하기 위한 시장
시장 원리로 보면 생명은 착실한 상품이다

병원 진료실에는 층층마다 외래상품으로 꽉꽉 차 있다
저마다 가격표만 안 달았지
청진기로 들어보면
아니 X-RAY나 MRI나 CT촬영으로
정확한 가격이 나온다
상품성이 많은 환자일수록 맥박이 심하게 뛴다

80이 넘은 할머니가 혈압을 잰다
177 체중은 45.5kg
급하다고 금방 호명한다
진찰실로 들어간다
할머니는 의사가 반갑기도 하고 무섭기도 하다

반가운 것은 의사가 고쳐주기 때문이고
무서운 것은 돈 때문이다
이게 머리에 꽉 차 있다
할머니의 생명을 의사가 좌지우지하기 때문이다
그렇게 철석같이 믿는다

할머니는 돈보다 의사에 매달린다
여긴 침몰하는 선실이 아니다
구명조끼가 필요한 곳도
헬기에서 내려오는 로프를 잡을 필요도 없다
내 병과 내 생명을 상담하는 곳이다
의사가 설명하는데 할머니는 알아듣지 못한다
할머니가 할머니 얘기만 한다
대변이 검게 나온다 어지럽다
배가 더부룩하다 발목이 붓는다
손발이 차고 온몸이 가렵다
잠을 자지 못한다
할머니는 귀가 멀기 때문에
의사는 소리 높여 "간경화가 많이 진행되었어요" 하고
안경을 벗어보라 한다

할머니의 눈을 들여다보더니
처방대로 약을 잘 드시라고 부드러운 어조로 달랜다
그리고 진료 상담을 마친다

진료실 밖에서 동급생 같은 환자를 만난다
그 환자가 인터페론을 먹어보라고 권한다
할머니는 구세주를 만난 듯 얼마냐고 묻는다
3000만원
그 후부터 할머니는 인터페론 생각만 한다
절대로 생을 포기할 기세가 아니다
3000만원!
할머니는 인터페론만 생각한다
3000만원!
한번으로 끝나는 것이 아니다
여러 번 먹어야 된다고 말한다
3000만원이 여러 번 겹친다
이번엔 ㄱ 사람의 턱만 쳐다보고 있다

4월의 단상斷想

제1곡哭

4월은 초입부터 심란하다
만우절에 잔인한 '황무지'*까지
꽃 피고 새 우는 것을 시새워 그러는 걸까
아니면 심술이 차올라 그러는 걸까
진달래꽃 찾아 밖으로 나가자
나가면 반기는 것도 더러 있을 것이니
집에만 있지 말고 가까운 4.19묘소라도

제2곡哭

묘소는 텅 빈 모래밭처럼 조용하다

안부자의 묘
1945년 8월 3일 충남 서산 출생(여)
1960년 4월 21일 시청 앞 시위 중 총상
동년 4월 24일 수도육군병원에서 사망
부 안정군 모 김복례

열다섯 살 그 나이에 뭘 알았을까
태풍에 휩쓸린 소녀의 꿈

안부자安富子는 열다섯 살
그 나이에 알면 뭘 얼마나 알았을까
바르르 떠는 매화꽃잎에
날아든 나비의 한恨이 그녀의 유한遺恨인 양
4월에 머물러 있다
4월이 운다

제3곡哭

진혼곡 – 마산 희생자를 위하여

'손에 잡힐 듯한 봄 하늘에 무심히 흘러가는 구름이듯이
피 묻은 사연일랑 아랑곳 말고 형제들 넋이여, 편안히 가오**'

구상(1919~2004) 시인의 진혼곡鎭魂曲
진달래꽃 활짝 핀 봄기운에도
4월은 오그라들고
구름은 무신해라
메마른 땅에 생명을 심는 심정을
시인의 마음에서 읽을 수 있는 4월
4월은 꼭 서글퍼해야만 하나

묘소처럼 슬픈 행렬이 늘어나는 계절
언제까지 울어야 하나

제4곡哭
여기에 김주열(1943~1960)까지 더하면
4월은 또 한 번 찬 서리에 덮인다
참자 참아
역사는 오로지 참고 지낸 사람들의 상흔으로
얼룩진 기록의 범람
김주열의 눈이 퉁퉁 부었더라
아직도 부글거리는 것은 바닷물이 짠 까닭이리라

제5곡哭
다시 4월 16일!
맹골수역에서 밧줄 끊어지는 소리
그 수역에 가라앉고 싶다
그건 자학이지
아직도 유효한 노란 리본의 가슴
그래도 4월이 화살처럼 달아나는 것은 싫다

제6곡哭

그럼 5월은 어떤가

5월도 마찬가지

썩은 살에 구더기 끓기는 마찬가지

그것을 진화하려는 소화전

이제 그만 울자 하며 그래도

한 곡哭 더

제7곡哭

5.18 해마다 이어지는 곡성

고정희 시인의 시 한 구절

'누가 그날을 모른다 말하리'

* 황무지 : T.S. Eliot의 장시
** 4.19 묘소에 있는 구상 시인의 시비에서

울고 또 울고
- 세월호 침몰 55일

올해는 많이 울었다

너도 울고

나도 울고

배도 울고

바다도 울고

4월부터 5월 내내 울다가

6월엔 현충일을 만나

더 울었다

2014 IⅠ.

오리무중
– 세월호 침몰 5

지나고 보면
모든 순간 순간에는
침몰 직전의 조각배가 떠 있다

오리무중
2014년 4월 15일이 바로 그런 순간이다
그 안개는 아직도 걷히지 않은 채
또 다른 오리무중이 밀려오기 때문

그날 안개가 짙어도 출항할 수 있었던 배는
단 한 척, 세월世越호였다
인천항을 떠나려던 선박들은 모두 밧줄에 묶인 채
안개 걷히기만 기다렸는데
유일하게 출항한 배는 세월호뿐

왜 그랬을까
세월호가 안개에 강한 배인가
일본에서 쓰다 버린 것을
헐값으로 사다 확충한 배
배가 커서 그 따위 안개는 안중에 없었나

알만 한 사람은 이미 그때부터
한숨을 쉬기 시작했다
불행한 운명은 슬픈 사람만 덮치는 법
그 후 따지고 따져도 걷히지 않는 오리무중
그저 사람도 나무도 노란 리본을 달고
수평선을 바라보며 울기만 했다

세월이 가도
세월世越호는 오리무중
슬픈 사람만 슬퍼하는
운명의 세월이 되고 말았다

마도로스론論
- 세월호 침몰 6

마도로스matroos, 이건 네덜란드 말이다
네덜란드 하면
제주도에 표착한 하멜이 떠오르고
반 고흐의 해바라기가 떠오르고
월드컵 4강의 귀신 히딩크가 떠오르는데
먼 훗날 '세월호' 하면 무엇이 떠오를까
떠올리는 데는 아름다움이 전제돼야 하는데
엉뚱하게 검은 팬티가 떠오르면 무슨 창피냐

400여명의 목숨을 가라앉는 선실에 가둬 두고
팬티바람으로 기어 나오는 선장의 모습
이건 수상 서커스도 아니고

마도로스복을 입고 서 있기만 했어도
그런 과오를 저지르지 않았을 걸

선장 이야기 1
독도가 보고 싶었다
성인봉에 올라가서도 독도만 찾았다
그로부터 10년 후 기회가 왔다

동해 구축함, 1박2일의 기회
저녁식사 후 함장(선장)이 자기 방으로 초대했다
함장은 신형무기보다 자기 의자의 성능을 자랑했다
배에서는 선장 외에는 선장의 의자에 앉을 수 없다고
단호하게 말했다
그날 밤 파도는 전력을 다해 선장(함장)의 의자를 지켰다
그 의자 때문에 나는 1박2일 꼼짝 못 했다

선장 이야기 2

비양도에 갔을 때 우연히
진수식 겸 풍어를 비는 굿판을 봤다
무당은 바위틈에 제물을 괴어놓고
정성껏 제를 지낸 다음 음식을 나눠주는데
마을 노인들을 제쳐놓고
젊은 선장에게 첫 음식을 주며 말했다
배에서는 선장이 왕이니 정신 바짝 차리라고

그 후 나는 배에 타면 선장이 어디 있나 살폈다
조타실에서 타륜*을 잡고 서 있을 때
그 배는 아버지처럼 믿음직했다

선장 이야기 3

세월호 참사를 보다가
최근에 타이타닉호로 옮겼다
세월호 참사를 다른 각도에서 보려고

타이타닉호가 빙산에 받혀 가라앉을 때
큰 물줄기가 선실로 밀려든다
승객들은 우왕좌왕 달리다
물에 치어 쓰러지고 떨어지고
저마다 살 길을 찾느라
아니 죽음에서 도망치느라
아우성이고 수라장이다
첫 출항 나흘 만에 겪는 해상 최대의 악몽

한 여자 승객이 젖먹이를 안고
멍하니 서 있는 선장에게
'선장님, 우린 어쩌죠' 울부짖는다
선장이 할 말을 잃고 허수아비처럼 맨손으로 서 있을 때
또 다른 승객이 늙은 선장에게
가지고 가던 구명조끼를 건넨다

받을 리 없다
선장은 조타실로 들어가 운명의 타륜*을 잡고
달려오는 수마水魔에 육탄으로 부딪친다
검은 마도로스복에 금테 모자
그는 끝내 타륜을 놓지 않았다

타이타닉은 영화다
하지만 침몰은 세월호와 같다
1912년 4월 15일 그로부터 102년이 지난 오늘
2014년 4월 16일
세월호는 무엇을 영화에 담을까
아니 영화가 문제가 아니라 사람이 문제다
사람들은 세월호 참사를 보고 울먹이며 말했다
100년 후 사람의 질은 어떻게 달라질까
배도 양심이 있어야 바르게 가는데
100년 후 한국의 양심은 어디쯤 가 있을까
양질의 선장을 만나고 싶다

*타륜舵輪 : 배의 키를 조종하는 손잡이가 달린 바퀴 모양의 장치

꽃례 이야기 1
– 플뢰르 펠르랭*

전화위복轉禍爲福이라는 말이 있다
화禍가 바뀌어 복이 된다는 말
개천에서 용 난다는 말도 있다
허나 이런 말들은 모두 산 자에게 해당하는 말
죽은 자는 그 말의 실효를 거두기 어렵다

생후 사흘 만에 쓰레기통에 버려진 아이를 데려와
꽃처럼 키워준 사람
조엘 펠르랭
그는 꽃례의 양아버지요
꽃례의 하늘이다

꽃례는 다 자란 뒤 이런 말을 했다
"내가 버려진 아이라는 생각이 늘 나를 힘들게 했지만
입양처럼 중요한 일이 일어난다는 사실도 알게 되었다"고
버려진 자에게 힘이 되어줘 고맙다는 말이다

*플뢰르 펠르랭 : 1073년 한국에서 태어나 프랑스로 입양되었으
며, 중소기업디지털경제부 장관, 통상국무부 장관, 문화부 장관을
역임했다.

꽃례 이야기 2
– 꽃을 버리다

플뢰르는 '꽃'이라는 말
고맙고 고맙다
여북하면 버렸을까 하는 측은한 생각도 들지만
버려서 잘된 슬픔
시 쓰는 나도 한숨이 여러 번 나왔다
(갓난아이를 버려서 고맙다 이 말이 할 말인가)
양아버지 조엘 펠르랭과 양어머니 애니 펠르랭
이 두 사람이 없었다면 꽃례의 가지에 꽃이 피었을까
꽃례는 또 다른 쓰레기통에서 시들었을 것이다
꽃례도 고맙다
　태어난 지 사흘 만에 거리에서 발견되어 보육원으로 보
내졌고 6개월 만에 프랑스로 입양되어 16세 때 대학입학 자
격을 취득했고 명문 상경계 그랑제콜 에세크에서 경제학
을 전공했으며 최고 엘리트 양성학교인 파리정치대와 국립
행정학교를 졸업했고 29세에 사회당 연설문안 작성을 인연
으로 정치권에 들어가 39세에 디지털 경제전문가로 일하며
꽃피기 시작했다
　버렸을 때 이름은 김종숙
　그렇다고 제 역정歷程을 원망하지 않는 너그러움
　정말 고맙다

꽃례 이야기 3

– 울고 싶어라

플뢰르 펠르랭에 대해
시 한 편 더 쓰고 싶다

플뢰르 펠르랭이
생후 사흘 만에 버렸던 모국을
성인이 되어 찾아왔을 때
'모국에 와서 무엇이 하고 싶으냐' 물었더니
'노래방에 가고 싶다' 했다

그 순간 나의 어머니가 생각났다
임종 무렵 '어디 가 실컷 울고 싶다'던 말씀
꽃례도 그 말이 하고 싶었던 것은 아닌가 하는
시 한 편 더 쓰고 싶다

꽃례의 친엄마도
어디 가 실컷 울고 싶을 거다

서울광장

– 세월호 침몰 100일

물 먹은 잔디밭에 신문지를 깔고 앉아
광장 하늘을 본다
하늘에 답이 있을까 하고
하늘도 수색과 수습에 지쳤다며
머리를 서쪽으로 돌린다

2014년 7월 24일
세월호 침몰 100일 되던 날 오후 6시
광장으로 사람들이 모여든다
노란 리본을 달고 모두 걸어서 들어온다
깃발을 꽂고 깃발 아래 앉은 사람
깔개로 영토를 확보하는 사람
모금통을 들고 모금하는 사람
음료수를 파는 사람
깔개를 파는 사람
역시 기본은 자본이다

나는 아무것도 가지고 온 것이 없어
빈손이 나처럼 미안해하는 것을 보고
나를 숨기고 싶었다

그 마음으로 하늘을 본다
하늘이 나를 동정하고 있을까
그럴 리 없지 하늘은 무심하니까

무심한 하늘은 나보다 좁았다
좁은 하늘에서 내려다본
PRESS CENTER, PRESIDENT HOTEL, 재능교육, 하
나은행 그리고 PLAZA HOTEL
한 치의 양보도 없는 지정학
모두 P자字로 시작한다

나도 P자나 한 자 들고 장돌뱅이처럼
P자나 한 자 들고 대한문(=門漢大) 앞에
PALACE, PEACE, PIGEON, PEAPLE, POEM, PARADISE
좋은 말만 골라 지은 호텔을 봉헌한다
호텔은 뭐 하는 곳이기에 성장 속도가 저리 빠른가

맹골수역 도.
2014.

너의 목소리

– 세월호 침몰 100일

그날 밤

가랑비는 시청 앞 잔디밭을 적시고

사람들은 손등으로 눈물을 닦았다

비를 맞으며 모여든 사람들 가슴에서

노란 리본도 나비처럼 울었다

스크린에 비친 너의 얼굴과 너의 목소리

'난 난 꿈이 있었죠' 하는 순간

비도 눈물도 한꺼번에 쏟아졌다

살아서 외치는 너의 목소리

그때 사람들은 저기 보미*가 마이크를 잡고 있다

보미를 잡아라

날아가기 전에 잡아라

그런 심정으로 노래를 듣고 있었다

장훈** 오빠가 널 데리고 왔지만

사람들의 손엔 잡히지 않고

소리울음으로 울다가 가버린 너

어디서 다시 그런 환상이라도 만날 수 있겠니

*이보미 : 안산단원고등학교 2학년 9반 재학, 세월호 희생자
**김장훈 : 가수

제주항 제7부두

– 세월호 침몰 100일째

생각해보라 2014년 4월 15일 밤을
어린 것들이 처음 배를 탔을 때
처음 밟아볼 신비의 섬을 눈앞에 두고 잠이 오겠나
그렇게 아름다운 꿈에 안겨 대궐 같은 배를 탔을 때의 기쁨!
헌데?
배 안에서 한숨도 자지 못하고 기뻐하던 다음 날 아침
여행 가방을 메고 제주항에 내려야 할 어린 것들이
한 아이도 배에서 내리지 못했다
이게 꿈이냐 생시냐
세월호는 두 번 다시 제주항에 오지 않았다
배가 들어오지 않은 지 100일
이것을 아파하는 사람은 수백만 명으로 늘어났다
피아니스트 백건우도 그중 한 사람이다

그가 피아노 앞에 앉는다
제주항 제7부두에서 영혼을 위한 소나타를 연주하는 시간
7월 24일 저녁 7시 반
건반 위에 올라온 손가락이
파도치듯 산지천 앞바다를 어루만진다
그 애들이 제주 바닷물에 손을 담근 듯 흰 손이 얼비치자

검은 피아노만큼이나 무거운 700여 관중들의 얼굴에
베토벤의 '비창'이 덮친다

음악과 슬픔
슬픔과 영혼
혼자 떠도는 영혼의 날개
그 외로움을 음악으로 달랜다

그는 작년 여름에도 울릉도 죽도에서 한 사람의 외로움
을 달래기 위해 지금 연주하는 베토벤 피아노 소나타 비
창 2악장을 연주했다
외롭고 아픈 사람들에게 선율을 베푸는 것이 그의 음악
철학이란다

항구의 저녁노을이 선율을 타고 수평선을 넘어간다
제주까지 오지 못하고
맹골도 해역에서 떠도는 영혼들이어
음악의 안내를 받아 안전하게 남은 여정을 보내기 바란다
음악은 너희들을 버리지 않을 거다
너희들의 가슴에 살아있는 어머니처럼

이 슬픔을
– 세월호 침몰 150일째

남의 슬픔 앞에서
달래 줄 말이 없는 것도 미안한데
그 슬픔을 거두라고 하기는
더욱더 어려워

세월호 침몰 150일째
평생 말을 골라 쓰는 사람이지만
물에 가라앉아
건져내지 못한 시신을 기다리는
가족의 아픔을 위로할 말을 찾지 못해
시를 못 쓰네

남들은 삼우제를 지내고
절에 가 49재를 지내고
교회에서 미사를 올리고
추석 성묘까지 마치고 왔는데

아직 돌아오지 않은 시신을
돌아오라며
가슴 쥐어뜯는 사람 앞에서
할 말이 없네

불에 타지 않는 꿈

− 운동화를 태우며

팽목항엔
아직 돌아가지 않은 운동화가 있다
보미가 불렀던 노래처럼
'난 꿈이 있었'기에
그 꿈을 어머니의 가슴에 묻어두고 떠난
아들의 운동화를 태우는 어머니

운동화가 다 타버리고
마지막 불씨가 사라졌는데도
사라지지 않는 목소리
'난 꿈이 있었죠'
그래그래
너에겐 꿈이 있었다
불에 타지 않는 꿈이 있었다

이보미의 꿈

– 세월호 침몰 290일

그 후 190일이 지나도
너의 슬픔을 잊지 못해
아니 억지로 잊을 수 없는 약한 마음에
서울광장으로 달려갔다
그때 깔고 앉았던 잔디는 없어졌고
모두 파란 피겨스케이트를 신고
너를 잊은 채 같은 방향으로 돌고 있다

우는 얼굴도 없고
하늘을 보는 얼굴도 없었다
거긴 김장훈의 기타소리도 없고
너의 얼굴이 박힌 스크린도 없고
하얀 얼음판이 금방 손발을 시리게 했다
나는 길 잃은 양처럼
멍하니 주변의 빌딩을 바라보았다

'난 꿈이 있었죠
버려지고 찢겨 남루하여도'

나는 네 곁으로 가고 싶어 광장으로 갔다

PRESS CENTER, PRESIDENT HOTEL
재능교육, 하나은행 그리고
PLAZA HOTEL은 그대로 있는데
너의 꿈은 다른 장면이었다
그렇다고 잊었네 잊었네 할 수도 없고
나만 혼자 우는 것도 이상해
표정을 참는 수밖에 없었다

미안하다
잊고 돌아가는 모습이 어울릴 수 있으니까
가슴 깊이 간직했던 꿈
미안하다 미안하다 미안하다
내가 왜 이럴까
미안하다
집으로 돌아와 네가 불렀던
'거위의 꿈'을 다시 듣는다

이제 그만 집에 가자
– 남현철 학생의 기타

기타리스트 김광석의
'구름 위에서 놀다'를 듣다가
그에게 묻는다
현철이 어디 있냐고
엄마가 기다린다고

네 기타는
팽목항 등대로 가는 제방 난간에 묶여 있다고
네가 기타를 보면 얼른 나올 것 같아서 그랬다고
300일이 지나도록 엄마 품으로 돌아오지 않는다고

그때는 찔레꽃 필 무렵
그런데 지금은 찔레꽃 다 지고
은행잎도 다 떨어지고
노란 리본만 기타에 매달렸다고
눈이 내리고 또다시 그날이 오려는
악몽의 근처

헬리콥터로 갈래
아니면 구름을 타고 갈래

나도 '구름 위에서 놀다'를 들으며
구름 위에서 놀다 갈래

'현철아 이제 그만 집에 가자!'
자식에게 다 하지 못한 사랑이
왜 이렇게 미안할까
'기다림'을 듣고 듣고
또 기다리며 또 '기다림'을 듣고 있다고
네 기타 옆에서 언제까지 기다려야 하니 하며
기타 옆에 서 있다

'기타 가지고 이제 가자'
어머니 말이다
기타는 가려고 하는데
너는 가지 않는구나

생일날 지연이가
– 세월호 침몰 198일째

2014년 10월 29일
바로 네 생일
딸기빛 케이크에 촛불을 켜는 날
네 친구들과 모여 앉아
'생일 축하합니다' 해야 하는 것인데
너마저 없는 빈 자리

아빠도 엄마도 촛불을 켜며 울었단다
그때까지 너는 돌아오지 않았다
그러다 시신이 올라왔다는 소동에
뛰어나가 너를 확인했다
키, 발, 옷차림 그리고 DNA
198일 만에 만난 너의 모습을 앞에 놓고
어떻게 말해야 하니
이런 경우 기쁘다고 해야 하니

우는 것이 옳았다
아니 네 친구도 몇몇이 둘러앉아
지연아
황지연!

아빠랑 같이 울었다
네 생일날 촛불 켜놓고 울었다

지연아
아 슬픈 생일날
지연아
너 없는 너의 생일날
둘러앉아 울었다

코탕섬
– 실종자의 유해

코탕섬에 가고 싶다
캄보디아 남서쪽 물빛이 황홀한 섬
코탕!

스쿠버다이빙이나
스노클링을 즐기러 가는 것이 아니라
실종된 지 40년이 지난 유해를 발굴한다기에
그 유해 곁으로 가고 싶다
40년 동안 입에 담았던 말은 혀와 함께 사라지고
뼈 마디마디에 남아있는 언어
그 언어를 수습하고 싶다

전쟁이 끝나면 유해를 찾아가는 예의범절
파리 목숨 버리듯 버려놓고
버렸던 유해를 찾아가는 엄숙함
경례와 묵념 그리고 거룩한 영정
말하라 해도 말하지 않는 유해
참았던 말이 무엇인지
그것을 시가 말하고 싶다

*2015년 2월 16일자 조선일보 '베트남전 종전 40년… 당신을 잊
지 않겠습니다'를 읽고 쓴 시

더 임파서블
– 세월호 침몰7

스페인 영화 '더 임파서블'

원래 제목은 Lo imposible

누군가 세월호 침몰을 영화로 만든다면

제목을 무어라 할까

내가 걱정할 일은 아니지만 좀 신중했으면 한다

더 임파서블을 보며 생각한다

왜 더 임파서블이냐고

불가능했던 일이 가능했기 때문에 붙인 이름이겠다

불가능했던 일이 가능했다면 그건 기적이다

아니 가능한 일이 불가능했다면

그건 모두의 불행이고

세월호도 기적이 일어날 수 있었는데

아니 기적이 일어나지 않아도

가능(POSSIBLE)했던 시간이 충분했었다

그것이 아쉽다

그것이 억울하다

ㄱ것이 원통하다

자신만만했던 초반의 작전

'전원 구조'라는 방송까지 나왔다는데

한 사람도 구해내지 못했으니

그것이 분통하다

자살

– 세월호 참사

죽었다
안개 낀 야산 소나무에 매달아 죽었다
사람들은 그 죽음에 말을 아낀다
약삭빠른 개미는 접근을 꺼린다
아직 남아 있는 온기 때문인가
아니면 눈물을 함께한 안개 때문인가
시인도 함부로 시를 꺼내지 않는다
아니다 죽기 싫으면서도
죽음 앞에 무릎 꿇어야 하는 패배감
그 심정을 달랠 수 없어 그런다

내 손으로 내 목숨을 끊었는데
무슨 소리냐고
간섭하지 말라는 말을 할 수도 없는
죽은 자의 입
죽은 자는 죽는 순간 끝이 난다
얼마나 고통스러운 일인가
고통을 참기 어려우면서도
죽음을 찾아가는 아이러니
자살은 아이러니의 족쇄다

소크라테스의 말은 결코 녹슨 말이 아니다
그는 자살을 못 하게 못질해 버렸다
인간은 자기 감옥의 문을 두드릴 권리가 없는
수인囚人이라고
인간은 신이 부를 때까지 기다려야지
스스로 목숨을 끊어서는 안 된다고 못을 박았다
사람들은 이 말에 꼼짝 못할 것 같지만
자살을 제 맘대로 남용한다

나는 세월호가 침몰하던 다음다음 날
강 교감*이 자살했다는 비보를 듣고
한동안 멍하니 서 있었다
수학여행 인솔 책임자라는 숙명적인 명의名義(?)
'명의가 뭔데?' 하며 하늘에 침을 뱉었다
죽음 앞에서는 할 말이 없다
1년 2년 세월이 흘러도 할 말이 없어
무겁게 한숨을 쉰다
200명의 생사를 알 수 없는 마당에
살아남아 숨 쉬는 지금의 자기는 자기가 아니라며
다시 세월호로 들어가

그들과 함께하고 싶어 하는 몸부림
하지만 물속으로 들어간다고
가라앉은 배가 다시 뜨지는 않는다

삶[生]을 죽음으로 찾겠다고
안개 낀 산언덕을 넘어가는 강 교감은 외롭다
학사 장교 시절의 책임감과
27년간의 교사생활로 다져온 경험으로도
이 순간의 책임을 감당하기 어렵다
누가 그에게 그런 책임을 씌웠나
사람들은 말을 아꼈고
시인은 시를 쓰지 않았다

그날 밤 산언덕은 캄캄하고 안개가 짙게 깔려
쓰러질 듯 쓰러질 듯 걸어가는 강 교감
그의 입에서 허성虛聲이 새어 나온다

가는 거다 가는 거다
정처 없이 가는 거다
영웅도 호걸도 아니면서

정처 없이 가는 거다

약한 가슴에 대못을 박는 아픔
아프다
힘없는 몸을 일으켜 세워
더듬더듬 허리띠를 풀어 나뭇가지에 목을 맨다

이게 할 짓이냐
하지만 그 수밖에

미안하다
미안하다
미안하다
이 말밖에 나오지 않는 입
사는 것이 죽는 것보다 괴롭다며
밀려오는 모멸까지 달게 삼키던 입

아이들보고 침착하게 기다리라며
구명조끼를 챙겨주던 그때만 해도
살아서 나갈 빛이 보였는데

그날 저혈당 쇼크만 없었어도 이런 일은 없었을 텐데
아이들 다 물 속에 버리고 혼자 살아남은 부끄러움
누가 봐도
'저게 교감인가 저만 살아서 어슬렁거리고' 하는 소리가
사방에서 들려오는 것 같아 견딜 수 없었다
무거운 책임감
그 책임감이 그를 야산으로 끌고 간 것이다

생을 아껴야 하는데
하나밖에 없는 생명을 함부로 버려서는 안 되는데
책임감이 지나쳐 자기 생명을 감싸기 힘들었나
아니 당신만이 책임질 일이 아닌데
생명 하나라도 더 구해내야 하는 판에
죽음은 오히려 역행이다
살아서 더 힘을 내야 했다
죽어서 죽은 학생들을 가르치기보다
살아서 산 학생들을 가르쳐야 하는데
이렇게 말하는 나도 그 입장이면
그 길밖에 갈 길이 없었을 거다

군자 같은 스승이었다는데
윤리와 도덕을 가르쳤다는데
혼자만 살아서 돌아와
체육관 가득 찬 눈물과 울분의 소리를 안고
어떻게 참을 수 있겠는가
나라고 해도 아니 소크라테스라도
그 순간을 견딜 수 있었겠나
남편이 살아 나왔다는 소리에
반가운 발걸음으로 달려온 아내를 그 길로 돌려보내고
안개 속으로 사라진 그림자
그래도 살면 살 수 있는 건데
살아서 다하지 못한 일 더 하면 되는 건데
살아 있으면 또다시 죽을 기회는 있어도
한번 죽으면 살아날 기회는 영영 오지 않는 거
살아서 남은 힘을
살아 있는 제자들에게 쏟으면 되는 것을
죽음으로 끌려간 강 교감
미안하오
끝까지 살아 있으라고 붙잡지 못해 미안하오

＊강 교감 : 세월호 침몰 당시 단원고 강민규 교감

봄에 생기는 가벼운 생각

봄은 가볍다
아지랑이처럼 가볍다가
나비처럼 날아간다
그렇게 가볍게 끌려가다가
아파트 보도블록 틈새로 기어들어
노란 민들레 되고
산등성이에서 게으른 기지개 켜다가
비탈에 진달래 사태 나
산에는 진달래
들에는 냉이 씀바귀
호미라도 들고 와 흔한 냉이 캐고 싶다
겨우내 꿈에도 없던 것들이 한꺼번에 기어 나오니
이것처럼 살자고 내가 나를 끌어간다
누가 내 얼굴에 똥물을 끼얹는다 해도
청보리처럼 활짝 웃을 것 같다
끝까지 살다 끝까지 가자
보리 패고 나면 다음은 장작 패는 겨울
아무리 오래 살아도
그건 잠깐이다

녹차 초콜릿

― 황지현

단원고 2학년 3반
황지현 양
네가 수학여행 떠나던 날
제주도에 가면 녹차 초콜릿을 사다 준다고 했지
그때 지나가는 소리로 들었는데
그것이 내가 들을 수 있는
너의 마지막 소리였다는 것을 생각하니
울어도 울어도 시원치 않구나
그래서 네가 살아오길 기다리다 기다리다
이젠 시신이라도 빨리 내 품에 안겼으면 해서
오늘도 팽목항에 와 있다

기다리라는 말
선실에서 되풀이하던 방송은 네가 들었고
나는 그 먼저 너의 입을 통해 들었는데
너는 오지 않고
너의 싸늘한 시신만이라도 하며
기다린다

살려 달라는 말도

기다리라는 말도
다 허사로 끝난 바다 속 깊이
암흑은 진흙탕처럼 굳어가고
싸늘한 세월호 4층 화장실에서 꺼낸
너의 손발은 싸늘했다
DNA 검사를 하기도 전에
네가 입은 옷을 보고
나는 이내 넌 줄 알았다

뒤집히는 선실 바닥에 부딪히고
또 부딪친 너의 기다림
그것을 다 안다 그래서 더욱 슬프다
지현아…

꽃씨

꽃씨를 말린다
꽃씨는 미래다
꽃씨를 말리며 미래를 만진다
꽃씨에게 봄이 오고
싹이 트고
꽃이 피는 미래
나는 멈춰도
꽃씨는 멈추지 않는다

그러나 조건이 있다
흙이 있고
그 씨를 심어주는
손이 있어야 한다

그 손을 생각한다
그 손은 꽃처럼 예쁘다
생명을 가진 손이 아름답다
그 손을 만지고 싶다
내일을 만지고 싶다

수상하다

새벽 3시
혼자 달을 본다
아무도 보지 않는 달이 외롭다
혼자 나와 있는 시인을 보고
달이 하는 소리도
그 소리다

새벽 3시
13층 베란다에 나와 있는
시인은 수상하다

나 그리고 너

우선
네 몸은 네 것이라고 치자
누구나 살아가다가
내 맘대로 하고 싶을 때가 온다
그때부터 너는
네가 되는 것이다
나는 이때
배낭을 메고 집을 나갔다
내가 나 되기 위해서

소설과 나

- 501 오룡호의 비명

세월호 침몰 230일
2014년 12월 1일 오후 2시 30분
파트릭 모디아노의 소설 '도라 브루디'를 읽다가
새벽 신문이 겨울바람을 타고 날아오기에
소설을 놓고 신문을 들었다

501 오룡호의 비명
'러시아 서베링 해역 바람은 초속 25~27미터 파고는 5~6
미터 영하 10도 수온에서 명태를 잡던 원양어선 침몰 사망 1
명 구조 7명 실종 52명'
배는 진수한 날부터 침몰하기 시작한다*는
가설에 휘말린다 해도
사람 목숨은 파리 목숨

나는 또 눈을 비비며 소설을 읽는다
'이 배하고 끝까지 가겠다'는 선장의 마지막 말을 인양
하지 못한 채 아무 소용없는 소설을 읽는나
소설의 늪에 빠져 눈물을 닦는 나는 무엇인가
소설과 나는 무엇인가

* 영국 소설가 로버트 루이스 스티븐슨(1850~1894)의 말

우는 사람과 구경하는 사람

– 세월호 참사

1

그만 울라고
천하게 보인다고 그만 울라 하네
울 수밖에 없는 사람에게
그만 울라고 하는 소리까지 들으니
더 억울해서 울게 되네
남의 속도 모르며…
그렇다고 '너도 당해보라' 하면
악담이 되겠지

2

활짝 웃는 얼굴을 액자에 넣어
앞서가는 산 사람보다
화려한 꽃에 파묻혀 따라가는 영구차보다
허름한 옷에 캐주얼 신발을 신고
걷고 싶습니다
그럼 울지 않아도 되니까요
어디 마음대로 됩니까
살았으면 몰라도
아무것도 가진 것이 없는 죽은 자여

스팸 차단

1

오늘 제일 먼저 달려온 메일은
「1+1 이벤트 행사」
'밤마다 그녀가 소리 지르며 찾아오는 이유는?!'
하며 내게로 대든다

열까? 말까!
말까 열까? 하다가 휴지통에 넣었다

2

이 사람이 이런 식으로 '시'를 쓴다면
밤마다 우는 여인의 마음속에 들어가고 싶어
서슴없이 그녀의 가슴에 손을 얹겠는데
그가 시를 쓰지 않는 악성이라서
시상詩想을 접고 세상을 나무라네

3

80을 넘어 90이 되어도
유혹은 유혹이네

대마도大馬島

– 반성문

나는 바보야
원래 바보지만 그게 편했어
지금도 그게 편해
바보 취급받는 것이 편해
그런 뜻에서 생긴 편의점은 아니지만
나는 나를 편의점이라 부르지

30년 전이군
내가 한참 섬에 다닌다고 떠들어댈 때
어느 신문사에서 인터뷰를 하는데
최근에 다녀온 섬이 어디냐 묻기에
대마도에 갔다 왔다고 했더니
옆에서 장기 두던 중년 기자가 대마도는 일본인데 한다
그래서 아니 한국에 있는 대마도라 했더니
이상한 눈으로 쳐다보더군
한국에도 대마도가 있느냐는 눈초리
전남 조도군도 대마도 소마도 하는 대마도大馬島인데
그는 일본에 있는 대마도만 알고 있었던 거야

나는 변명하지 않고 그냥 묻어버렸지

그러다가 이번에 세월호가 침몰하면서
그쪽 섬들이 연일 TV에 뜨는 바람에
상조도 하조도 관매도 동거차도 서거차도 병풍도 맹골도
맹골 수역에 크고 작은 선박 200여 척
이렇게 많은 배가 한꺼번에 몰려오긴 처음인 걸

하지만 나는 여전히 바보였어
그 바다에서 한 시간이나 기울고 있는 세월호를
드라마를 보듯 TV로 보고 있었으니
어둡고 차가운 물속에서 사경을 헤매는
476명의 목숨들이 뭐라고 울부짖었을까

300일이 지난 지금 돌이켜 보면
바보가 아닐 수 없어
시는 힘없는 바보들이 하는 짓거리라고
푸념하면서도 반성이 안 되는군
미안해
손이 있어도 손을 쓰지 못하는 손
그런 손으로 밥을 먹고 있으니
참 미안해

사진을 보면

사진을 보면 너는
거기 살아 있고
사진에서 눈을 떼면
너는 죽어 있다
네가 간 후로
생生과 사死가 엇갈린다
그러다가 결국
네가 죽은 것으로 결론이 나면
또 울고
다시 사진을 보면 네가 살아 있고
그러다 또 울고
힘없는 사람은 그렇게
울기만 한다

산 자와 죽은 자

모든 잘못은
산 자가 지게 되어 있다
죽어가는 자의 언행을 지켜보면서
실망하는 것이 그것인데
죽은 자로 바뀌어 가는 자는
조금씩 조금씩 산 자에게
책임을 떠넘기는 것 같다
달게 받아야지
살아 있으니
살면서 쌓이는 것은
사는 죄밖에 없으니
살아서 행복하다며 달게 받아야지
죽음은 아무리 남의 것이라도
내 것이 되는 것이다
죽은 자는 진짜 가진 것이 없으니까

자기철학

요즘 내 시가詩家
철학가문哲學家門을 기웃거리는 것 같다
구로사키 히로시*『〈자기自己〉의 철학哲學』을 읽노라면
이런 말이 나온다
'상대적으로 봤을 때 생물은 죽는다
죽음이 없는 곳엔 生命이 없다'라는 말
그리고 '주체적으로 생물이 되고 보면,
생물은 자기의 죽음을 모른다'

그렇다
나도 내 죽음을 모를 거다
내 죽음을 아는 것은
살아 있는 너
너도 죽을 땐
네 죽음을 모를 거다

이건 역설이지만
죽은 자가 모르는 죽음을 왜
그렇게 땅을 치며 우는가
역시 슬픔은 산 자의 것

나의 시도 철학의 문전에서
'생生과 사死'가 엎치락뒤치락할 때가 있다
시는 그럴 수밖에
하지만 우는 자는
죽은 자의 입장에서 울겠다고 기를 쓴다
그때 자기 슬픔이 가미 되는 거다
그러니 울음소리가 높아질 수밖에
그러나 누가 뭐라 해도
시는 실컷 울어야 한다

*구로사키 히로시黑崎 宏 : (1928~) 일본 철학박사

나의 실종

– 꿈

그건 실종이 분명하다
가거도 항리마을 절벽에 있는 빈집
그 집에서 혼자 시를 쓰며 살겠다고
입버릇처럼 말했는데
꿈으로 이어졌으니 나는 행복하다

항리 폐촌마을
문간은 잡풀이 길을 막고
잡풀엔 달팽이와 무당벌레가 진을 치고
습기 찬 돌담엔 지네가 지나가고
기다란 뱀이 바위 밑으로 들어간다
방바닥엔 천장에서 내려앉은 흙먼지와
찢어진 벽지가 널브러져
앉을 곳이라곤 손바닥만큼의 여유도 없다

문짝이 떨어져 나간 뒷간에서 걸어 나오는
검은 고양이 뭘 먹고 사나
쥐 먹고 살지
그럼 쥐는 뭘 먹고 사나
개구리? 두꺼비?

그러자 두꺼비가 채마밭에서 부라린다
그렇게 축축하고 지저분한 빈집이
꿈에서 단조롭게 리모델링 되니
나는 살아서 행복하다

낮에는 담 너머로 바다를 보고
밤에는 반딧불이가
하늘에서 내려오는 별과 함께 날아다니니
얼마나 아름다운지
눈으로 시를 보는 것 같다

그러던 어느 날 밤
비바람치고 파도가 거세게 일어
바위란 바위를 못살게 굴던 돌풍이
하얀 옷차림의 여인을
빈집 마당에 내려놓고 간다
방문을 드르륵 열며
살려 달라고
내가 할 소리를 그녀가 했다
그녀의 몸가짐이 어찌나 능란한지 척척하지 않다

그러더니 까마득한 절벽으로 끌고 나가
나를 끌어안고 뛰어내린다
한참 내려오다가 '앗' 하는 순간
나는 물속에서 눈을 떴고
그녀는 온데간데없다
나는 바다 속에서 길을 잃었다

밤에 불빛이 있는 곳

밤에 태양이 있다
밤엔 불빛이 있는 곳에 태양이 있다
24시 편의점이 태양의 집이다
편의점 안엔 먹을 것이 있다
그곳은 생명의 초원이다
우유가 나무처럼 그 초원에서 자란다

내가 매일 마시는 우유도 그 초원에서 왔다
그러나 그것이 내 것이 되려면
돈이 필요하다
돈이 없으면 철저하게 내 것이 아니다
편의점엔 그런 냉정冷情이 냉장고에 꽉꽉 차 있다

편의점엔 밤에도 태양이 있다
그러나 돈이 있어야 태양이 있는 집이다
돈이 없으면 태양이 있어도 암흑이다
암흑이 무섭다
돈 때문이다

타인의 실종

그를 생각하게 된 것은
오래전 일이다
산책할 무렵 그는 굴에서 나와
쓰러진 나무 등걸에 앉아 팍팍한 김밥을 먹고 있었다
여러 번 그랬다
얼굴은 하얗고 수염은 길고 검었다
그리고 다시 굴속으로 들어갔다
가끔 가다 굴 안에서 피우는 담배 연기가
그의 삶을 알리듯 밖으로 빠져나왔다
연기도 하늘을 봐야 구름이 된다
물론 표정도 없었다
그렇게 3년쯤 지났는데

그의 흔적이 없다
김밥을 먹는 모양도 담배를 피우는 연기도
굴은 일부러 기어들어 가야 존재가 보이는데
한 번도 그러고 싶지는 않았다
그가 밖으로 나와서 김밥을 먹을 때만
그의 존재를 확인했으니까
그런데 어찌 된 일인지 흔적이 없다

담배 연기도 나오지 않는다

이건 추측인데
그는 죽어서 누워있을 거다
그런 상상
그리고 육질이 흐물흐물해졌을 거다
아니 백골이 삐져나왔을 거다
들어가 확인하고 신고해야 하나
나는 신고정신이 희박하다
지난여름 아침 산책길에서
고압선 철탑에 목매 죽은 시신을 봤을 때도
다른 사람이 신고했다
나는 그런 사람이다

죽은 자는 말이 없고

이 세상에서 누가
제일 많은 사람을 죽였을까
이 세상에서 어느 종교가
제일 많은 사람을 죽였을까
이 세상에서 어느 전쟁이
제일 많은 사람을 죽였을까
이 세상에서 어느 나라가
제일 많은 사람을 죽였을까

남의 손에 죽는 것처럼
억울한 일이 없다
한번 죽으면
죽은 자는 말이 없고
산 자들은 마주 앉아 인권을 내세우는데
자고 일어나면
또 죽은 자
죽은 자는 말이 없고

2015년 3월 16일

세월호 참사 1주기를 한 달 앞둔 16일
전남 진도군 팽목항에서
실종자 가족들이
시신이라도 찾아 달라고
기자회견을 했다

희생자 중에는
아직도 돌아오지 못하고
차가운 바다 속에서 1년이 다 돼 가는
아홉 명이 있다며

학생
조은화
허다윤
박영인
남현철

교사
양승진
고창석

부자
권재근
권혁규

그리고
이영숙 씨 이름을
차례차례 불렀다

봄비

점심을 먹고 발바닥공원*을 걷는데
기다리고 기다렸던 봄비가 온다
목련이 좋아하겠다
매화도 좋아하고
누구보다 내가 좋아한다

가난한 민들레가
남의 발에 밟히면서도 좋아한다
먹어보진 않았지만 맛이 달다는 단비
조용하고 점잖은 비

집 앞까지 오면서 그런 봄비 생각만 했다 내 집은 김수영
문학관과 가깝다 직선거리로 15미터밖에 안 된다 그래서
집으로 곧장 들어가지 않고 문학관을 들렀다 갈 때가 많다
　오늘은 봄비 때문에 '봄비'라는 시를 만나고 싶어 문학
관으로 들어왔다 그리고 내가 지금 느끼는 기분을 시에서
찾고 싶어 '봄비'라는 제목으로 쓴 시를 찾았다
　지금 느끼고 있는 기분을 갖고 있는 시를 만났으면 해
서 그래서 진열된 김수영 문학상 수상 시집을 1회부터 32
회까지 목차를 열어 '봄비'를 찾았다

같은 제목의 시가 있을 것이라고 기대하며 일종의 장난
기이긴 하지만 있을 법도 해서
다음에 우연히 만날 수 있을지는 몰라도 오늘은 찾지
못하고 집으로 들어갔다

*도봉구 방학3동에 있는 근린공원

인사도仁寺島

그들은 인사동에 섬을 만들어
배를 띄우자 한다
누구는 거북선을 띄우자 하고
누구는 군함을 띄우자 하고
누구는 항공모함을 띄우자 하는데
나는
A4지로 종이배 하나 접어 띄웠다

맹골도 팽나무

팽나무는
왜 그렇게 타관을 타는가
낮엔 갯바람이 타고
밤엔 귀신이 올라타
무서움에 눌린 몸
누구의 인생 곡절이기에
뒤틀리고 찌들었나
그래도 백 년 이백 년
마을을 지키며 살았다고
금줄을 둘렀네
밤이면 부엉부엉 우는
팽나무

시인의 눈물

여섯 번이나 촛불을 들고 나왔다는데
시가 죽었다고 우는 사람
100만 시민이 촛불 들고 모인 광장에
시가 죽었다고 땅을 치며 우는 사람
어째서 자유 민주주의가
사람이 바뀔 때마다 바뀌느냐

그는 피켓도 구호도 없이
새파란 눈물만 청운동까지 밀고 와
통곡의 벽을 어루만지듯 북악산 성벽을 쳐다보다가
요단 강을 지나 사해死海로 간다
가면서 죽은 바다에 엉기는 소금기
그게 그 사람의 시다

섬의 달

섬의 달은 유난히 외롭다

우이도의 달이 그렇고
여서동의 달이 그렇고
자월도의 달이 그렇고
맹골도의 달이 그렇다

네가 그렇고
내가 그렇다

어느 토요일 밤

100만이 모인 광장에 와도
나만 쓸쓸하다
(늙은이가 주책없이 울기는……)

태극기도 없이
손뼉도 없이
그럼 이국인인가?
하며 창문을 닦듯 내 얼굴을 닦는다
광화문광장에서 다시 헌재 앞으로 100미터
학교 교문에 기댄 가느다란 수전증

그나마 아무도 나를 의식하지 않아 다행이다
식량으로 호두과자 한 봉지 사 들고
동인천역까지 왔다
내일 아침 자월도로 간다
끝까지 내가 혼자이길 원한다면
내 생리대로 맞추는 것이 낫겠다

폐교

− 대이작도 계남분교

어둑한 겨울 저녁
섬마을 선생도 모두 폐교에 묻혔다
교훈은 '정직과 질서'
정직은 좋은데
이 외딴 섬에 질서는 뭔가

광화문광장에 100만명이 모여도 질서가 되는데
하며 폐교 교실 천장을 본다
죽은 돼지 혓바닥으로 늘어진 합판
헛디딘 쥐똥이 쏟아졌다
밀려오는 파도 소리에
굵은 쥐의 눈이 휑하다

섬에서 혼자 사는 할머니

– 곽도

언덕길을 넘어가는데 더덕 덩굴이 얼굴에 감긴다
섬 꼭대기까지
구부러진 길을 허리 굽혀 오르면
할머니 혼자 나와 있다

안녕하세요
오래된 친구처럼 인사한다
강경엽 할머니
조도면 맹골 곽도길 38
나보다 나이가 많을 것 같아서
어렵사리 나이를 물었더니
86이라고 쉽게 답한다

바닷가에 가서 미역 따고 톳 뜯고 홍합 따서
텃밭에서 딴 완두콩을 넣어 밥해서 먹는다
하루하루 사는데 무엇이 문제인가
아직은 문제 될 게 없지만
외로움에 팔다리가 쑤시는데
누가 주물러주지

병풍도

쓸데없이 외로움만 가중되는
절벽을 찾아다니다
맹골도를 지나 병풍도까지 와서
또 다른 섬을 찾는 내 마음
나도 몰라

이제 소원을 풀었으니 그만 가지
하고 날 달래보지만
아직 남아 있는 수평선
그 속에 무엇이 있기에
망설이는가

휴休

휴
좀 쉬어야겠다
휴
어쩌면 그렇게 친화적이냐
내가 나무 옆에 오니
자리를 내주는 마음씨
사람[人]과 나무[木]
휴休
나무에 사람을 접목하고 싶다

메모는 살아 있는 기억의 혈관이다

15년 전의 수첩을 찾은 것은 내 뇌세포를 되살린 것

맹골도로 이어지는 뇌세포

그래서 나는 '기억하라' 보다

'기록하라'는 신호가 올 때마다 수첩을 꺼낸다

기록하는 습관은 뇌신경을 깨우는 값진 보물이니까

기쁘다

기억을 되찾아 기쁘다

수첩엔 먼지가 쌓여도 기억엔 먼지가 쌓이지 않는다

기억의 기적

그것은 내 시의 자원이요

내 시의 부흥이다

2017년 가을

이생진

국립중앙도서관 출판예정도서목록(CIP)

맹골도 / 지은이: 이생진. — 광주 : 우리글, 2017
    p. ;   cm

ISBN 978-89-6426-082-1 03810 : ₩9500

한국 현대시 [韓國現代詩]

811.62-KDC6
895.714-DDC23   CIP2017024102

맹골도

1판 1쇄 인쇄 2017년 10월 3일
1판 1쇄 발행 2017년 10월 9일

지은이   이생진
발행인   김소양
편집   권효선
마케팅   이희만, 장은혜

발행처 ㈜우리글
출판등록번호 제321-2010-000113호
출판등록일자 1998년 06월 03일

주소 경기도 광주시 도척면 도척로 1071
마케팅팀 02-566-3410 **편집팀** 031-797-3206 **팩스** 02-6499-1263
홈페이지 www.wrigle.com

ⓒ 이생진, 2017

값은 표지에 있습니다.
ISBN 978-89-6426-082-1 03810
잘못 만들어진 책은 구입하신 서점에서 교환해드립니다.